La colección Harper Arco Iris ofrece una selección de los títulos más populares de nuestro catálogo. Cada título ha sido cuidadosamente traducido al español para retener no sólo el significado y estilo del texto original, sino la belleza del lenguaje. Otros títulos de la colección Harper Arco Iris son:

¡Aquí viene el que se poncha!/Kessler
Un árbol es hermoso/Udry • Simont
Buenas noches, Luna/Brown • Hurd
El caso del forastero hambriento/Bonsall
Ciudades de hormigas/Dorros
Cómo crece una semilla/Jordan • Krupinski
El conejito andarín/Brown • Hurd
Un día feliz/Krauss • Simont
El esqueleto dentro de ti/Balestrino • Kelley
El gran granero rojo/Brown • Bond
Harold y el lápiz color morado/Johnson
La hora de acostarse de Francisca/Hoban • Williams
Josefina y la colcha de retazos/Coerr • Degen
Mis cinco sentidos/Aliki
Pan y mermelada para Francisca/Hoban • Hoban
El señor Conejo y el hermoso regalo/Zolotow • Sendak
Si le das un panecillo a un alce/Numeroff • Bond
Si le das una galletita a un ratón/Numeroff • Bond
El último en tirarse es un miedoso/Kessler
Se venden gorras/Slobodkina

Esté al tanto de los nuevos libros Harper Arco Iris que publicaremos en el futuro.

LA SILLA DE PEDRO

EZRA JACK KEATS

LA SILLA DE PEDRO

TRADUCIDO POR MARÍA A. FIOL

Harper Arco Iris
An Imprint of HarperCollins*Publishers*

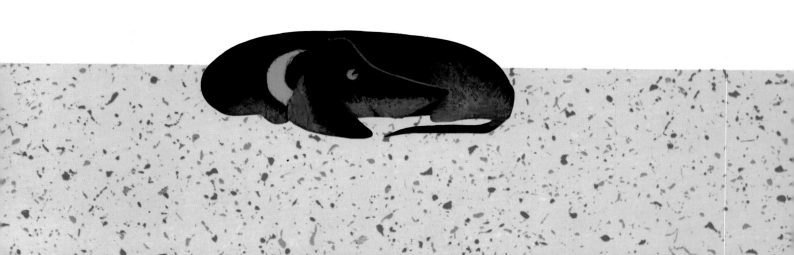

HarperCollins®, ▣®, and Harper Arco Iris™ are trademarks of HarperCollins Publishers Inc.

Peter's Chair
Copyright © 1967 by Ezra Jack Keats
Copyright © renewed 1995 by Martin Pope
Translation by María A. Fiol
Translation copyright © 1996 by HarperCollins Publishers
Printed in Mexico. All rights reserved.

Library of Congress Cataloging-in-Publication Data
Keats, Ezra Jack.
   [Peter's chair. Spanish]
   La silla de Pedro / Ezra Jack Keats ; traducido por María A. Fiol.
      p.   cm.
   Summary: When Peter discovers his blue furniture is being painted pink for
a new baby sister, he rescues the last unpainted item, and runs away.
   ISBN 0-06-026655-4. — ISBN 0-06-443433-8 (pbk.)
   [1. Babies—Fiction.   2. Brothers and sisters—Fiction.   3. Spanish language
materials]   I. Title.
[PZ73.K33   1996]   95-9962
                                                                                        CIP
                                                                                        AC

1 2 3 4 5 6 7 8 9 10
❖
First Spanish Edition, 1996

Para Joan Roseman

Pedro se estiró lo más que pudo.

¡Al fin! Había terminado el edificio.

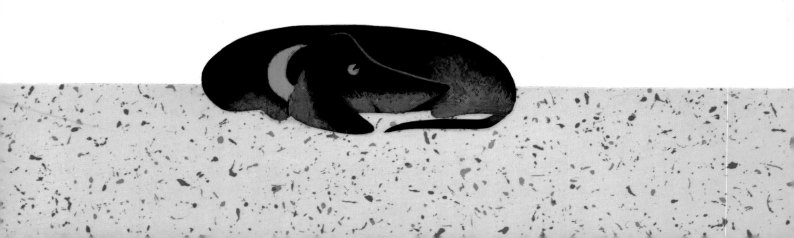

¡CATAPLUM! ¡Se vino abajo!

—¡Shhh! —dijo su mamá—.

Tienes que jugar sin hacer tanto ruido.

Acuérdate que tenemos un bebé en casa.

Pedro se asomó al cuarto de su hermana Susie.
Su mamá arreglaba la cuna.
"Ésa es mi cuna" —pensó Pedro—,
"y la han pintado de rosado."

—Hola, Pedro —dijo su papá—.
¿Te gustaría ayudarme a pintar
la silla de comer de tu hermana?
—Ésa es mi silla —susurró Pedro.

Vio su camita y refunfuñó:

—¡Mi camita! ¡También está pintada de rosado!

A pocos pasos estaba su sillita.

¡Aún no la han pintado! —gritó al verla.

Cogió la silla y corrió a su habitación.

—Willie, vamos a escaparnos —dijo Pedro,
y llenó una bolsa grande con galletitas
y con bizcochos para el perro—.
Llevaremos mi silla azul, mi cocodrilo de juguete
y la foto de cuando yo era un bebé.
Willie agarró su hueso.

Salieron y se pararon frente a la casa.

—Éste es un buen lugar —dijo Pedro.

Arregló cuidadosamente sus cosas y decidió
sentarse en su silla por un rato.

Pero no cabía en la silla. ¡Era muy pequeña!

La mamá se asomó a la ventana y lo llamó:

—Pedro, cariño, ¿no vas a regresar a casa?

Tenemos algo especial para el almuerzo.

Pedro y Willie hicieron como si no hubieran oído.

Pero, en ese momento, a Pedro se le ocurrió una idea.

Al poco rato, la mamá se dio cuenta
de que Pedro ya estaba en la casa.
—Ese pícaro está escondido detrás
de la cortina —dijo alegremente.

Movió la cortina.

¡Pero Pedro no estaba ahí!

—Aquí estoy —gritó Pedro.

Pedro se sentó en una silla
para personas mayores
y su papá se sentó a su lado.
—Papi —dijo Pedro—, pintemos de rosad
la sillita para Susie.

Y así lo hicieron.